AF404162

INVENTAIRE
Ye20466

DÉPOT LÉGAL

DORAT

LES

TOURTERELLES

DE ZELMIS

POÈME EN TROIS CHANTS

ROUEN

CHEZ J. LEMONNYER, LIBRAIRE

PASSAGE SAINT-HERBLAND

1880

Y+

Y

LES

TOURTERELLES

DE ZELMIS

JUSTIFICATION DU TIRAGE

———

Il a été tiré pour les amateurs 150 exemplaires en GRAND PAPIER.

———

Édition en noir

Avec une double suite des figures en BISTRE, tirées à part.

10 exemplaires	sur papier de Chine,	N°s 1 à	10
15 —	sur papier du Japon,	11 à	25
25 —	sur papier Whatman,	26 à	50

Édition artistique

Avec épreuves des gravures tirées en BISTRE, avec double suite EN NOIR et EN SANGUINE, tirées à part.

10 exemplaires	sur papier de Chine,	N°s 51 à	60
25 —	sur papier du Japon,	61 à	85
65 —	sur papier Whatman,	86 à	150

———

Eisen inv.   De Longueil Sculp.

C

DORAT

LES

TOURTERELLES

DE ZELMIS,

POÈME EN TROIS CHANTS

ROUEN

CHEZ J. LEMONNYER, LIBRAIRE

PASSAGE SAINT-HERBLAND

1880

RÉFLEXIONS

SUR LE POËME ÉROTIQUE

Un chat, pendant une nuit d'orage, se glisse dans une volière et emporte une tourterelle ; voilà tout le sujet de ce Poëme. Le fond de Ver-ver, le plus ingénieux badinage qu'aucune langue ait jamais produit, n'est peut-être pas plus riche ; mais le fond le plus aride, s'étend, se féconde, s'embellit sous la main d'un peintre habile qui a le secret des couleurs ; et malheureusement, l'aimable et paresseux auteur de la Chartreuse, en renonçant à peindre, a jusqu'ici gardé son secret et ses pinceaux. La molle facilité, la mélancolie douce, ces graces que leur négligence ne rend que plus intéressantes, se sont avec lui réfugiées dans sa retraite; et il ne nous a laissé que d'impitoyables imitateurs, à qui un remords de conscience siéroit beaucoup mieux qu'à lui. Cependant, en rendant justice à ses maîtres, il ne faut jamais perdre l'espérance de marcher sur leurs traces; l'admiration exclusive est le tribut de la foiblesse, et l'Art a des ressources qui se multiplient, à mesure qu'elles semblent s'épuiser. La Poësie est un champ vaste, où l'on moissonne dans tous les tems ; et qui veut battre la plaine, rencontre des réduits moins fréquentés, des espèces de réserves où les fleurs sont plus fraîches, plus abondantes et plus nouvelles. Le Poëme érotique, par exemple, me paroît offrir des beautés, sinon tout-à-fait neuves, du moins beaucoup plus rares dans notre langue. Nous avons eu, pendant quelque tems, la fureur

a

de l'épopée : de là sont nés la Moisiade, Childebrand, la
Magdelaine, la Pucelle de Chapelain, et tous ces monstres
épiques qui font rougir le goût et la raison : la légèreté de
notre caractère, notre Religion auguste mais austère, sur-tout
la monotonie fastidieuse de notre rime, peuvent ne pas con-
venir à cette sorte de production ; et il falloit l'heureuse
hardiesse de l'Auteur de la Henriade, pour lutter contre tant
d'obstacles, qu'il avoue lui-même n'avoir pas tous surmontés.

Malherbe et Rousseau ont élevé l'Ode à son plus haut
degré de perfection : La Motte, après eux, n'a réussi qu'à être
médiocre. Segrais mit l'églogue à la mode : les madrigaux
champêtres de M. de Fontenelle nous en ont dégoûtés.
Madame Deshoulières a excellé dans l'idylle ; et il n'est plus
possible de chanter, après elle, les fleurs, les ruisseaux et les
moutons. Pour la fable et le conte, La Fontaine ne laisse
presque plus rien à faire : Boileau nous a enrichis de tous les
trésors de la poësie didactique : heureux s'il n'avoit pas eu
le succès déshonorant de la satyre ! Regnier, Grécourt, Vergier, et quelques écrivains de nos jours, ont porté, aussi loin
qu'il pouvoit aller, le cynisme de la poësie libertine. M. de
Voltaire, ce composé de tous les esprits, et, si l'on peut le
dire, le sublime de toutes les imaginations qui l'ont précédé,
a été et est encore tout ce qu'il veut être. Enfin, nous avons
des richesses innombrables dans tous les genres, excepté la
poësie érotique ou voluptueuse ; pour vingt Clinchstel, à peine
pourrions-nous citer un l'Albane. Nous avons remplacé
Anacréon, Martial, Ovide, Pétrone, Horace même ; mais où
trouverons-nous un Tibulle ? Qu'on ne m'oppose point la
foule de nos chansons et de nos poësies légères, brillantes
effervescences du génie françois, en général plus badines que
délicates, plus galantes que tendres, et plus pensées que
senties. Chaulieu, sans doute, a connu la volupté ; mais il ne

l'a chantée que par saillies ; il en eut toujours la chaleur, jamais le recueillement : ses ouvrages sont des éclairs ; et les émotions qu'il donne sont si promptes, que l'ame n'a pas le temps de les rassembler, et d'en former ce sentiment, ce tact intérieur et délicat, qui seul constitue le plaisir. Cela n'empêche pas que Chaulieu ne soit un poëte charmant, plein de graces, de naturel, et quelquefois de philosophie.

Par la sorte de poëme que j'examine ici, j'entends un ouvrage d'une certaine étendue dont l'intérêt seroit gradué et continu, où l'on trouveroit, tour-à-tour, de la gaîté sans emportement, de la mélancolie sans tristesse ; dont les couleurs seroient toujours fraîches et animées ; où les passions n'auroient qu'une flamme insinuante et douce, et qui reproduiroit à nos yeux toutes les teintes riantes du tableau de la nature. La cause de notre disette à cet égard, vient certainement du fond même de nos mœurs. Toujours distraits, toujours emportés par des courans étrangers, nous ne sommes point assez maîtres de notre ame, pour y recevoir ces sensations paisibles dont je viens de parler. Tout glisse sur nous : à force de voir, nous ne voyons rien : notre imagination est trop occupée, pour que notre cœur le soit. Tous les objets successifs, que notre tourbillon promène sous nos yeux, nous sommes promps à les saisir, et sûrs de les bien peindre : mais le plaisir, qui n'est guères parmi nous qu'un délire de convention ; les peintures qui s'en rencontrent dans nos écrits, sont, en général, factices, comme ce plaisir même : c'est un verre terne à travers lequel on cherche à entrevoir les rayons du jour : le temps que nous consumons à être amusés est autant de pris sur le temps que nous devrions employer à être heureux ; et nous ne connoissons pas l'expression du bonheur, parce que nous en avons rarement la réalité.

Je crois que plus un peuple est corrompu, moins il doit être voluptueux : c'est que la volupté vraie tient à la naïveté de l'innocence, au calme d'un cœur que la vertu tranquillise et au petit nombre des besoins. Les jouissances trop multipliées sont nécessairement trop rapides : et qu'est-ce qu'un plaisir auquel ne survit pas le charme de la réflexion, et qui meurt dans l'ame, sans y laisser de traces, si ce n'est un vuide immense que d'autres plaisirs ne rempliront pas mieux ? Tels sont les objets que nos écrivains ont sous les yeux ; et la froideur du modèle doit naturellement se communiquer à la copie. Les Allemands, ces esprits tardifs à qui nous avons appris lentement à devenir nos maîtres, les Anglois si sombres et si durs en apparence, sont plus voluptueux que nous dans leurs écrits. Les poësies des Haller, des Viéland, des Gesner, chez les uns ; chez les autres, celles des Chaucer, des Spenser, des Le Prior, des Pope, respirent ce caractère de tendresse, de douceur et de vérité, que nous désirons dans les nôtres. A trente poëmes qu'ils ont de ce genre, nous ne pouvons guères opposer que l'Adonis de La Fontaine, et le Rajeunissement inutile : je ne parle point du Lutrin ; c'est un poëme satyrique. Ver-ver lui-même n'est qu'une critique légère et badine des vétilles du cloître : je ne m'appuyerai pas non plus de quelques Poëmes charmans * que les graces ont dictés, et que la modestie renferme : ce sont des fleurs qui n'ont encore paru qu'aux yeux de l'amitié, et qui gagneroient sans doute à s'épanouir au grand jour du public ; mais on ne peut 'se vanter des richesses, dont on ne jouit pas ; et d'ailleurs, elles ne sont pas, tout-à-fait, dans le genre dont il est question.

D'ou vient donc que, dans ce même genre, les deux nations que je viens de citer, sont infiniment plus créatrices et plus

* L'Art d'Aimer de M. B. — Les Saisons, de M. de S. L.

fertiles que nous? C'est que, chez elles, les hommes sont plus concentrés, et vivent davantage avec eux-mêmes, nourrissent dans le silence, cette sensibilité qui s'évapore dans nos cercles, et vont chercher la nature dans le sanctuaire de la solitude; c'est qu'ayant beaucoup moins de distractions, ils se reposent avec complaisance sur toutes les émotions douces qu'ils éprouvent, et prolongent les plaisirs de l'ame par l'exercice de la pensée. Voilà ce qui donne à leurs ouvrages, même agréables, cette profondeur de sentiment et cette chaleur de volupté, dont nous n'avons le plus souvent que la grimace et la prétention.

Quoiqu'il en soit, le poëme érotique, comme on vient de le voir, offre, à qui voudroit ou pourroit la courir, une carrière beaucoup moins rebattue que les autres : c'est un rameau de la poësie qui a toute sa sève, toute sa force et sa fraîcheur.

Mais nous sommes dans un siècle où ces branches nouvelles doivent être négligées, indépendamment même des raisons que je viens de rapporter. L'esprit de recherche et de combinaison, qui a produit d'autres biens, a nui au progrès de la poësie ; de celle surtout qui ne se rapproche pas de cette influence philosophique répandue sur toutes les parties de la littérature.

A tous ces obstacles se joint le goût exclusif que, depuis quelques années, nous avons montré pour la carrière dramatique: c'est assurément la plus séduisante, la plus flatteuse, celle où les succès doivent enivrer davantage; mais n'est-il pas pitoyable, que toutes nos jeunes Muses poursuivent indiscrettement ce météore brillant qui leur échappe presque toujours, et ne laisse à sa place que l'éclat du ridicule? Tel fut prédestiné à faire de jolies chansons, qui a l'intrépidité

d'écrire une tragédie; et je crois que si Scarron revenoit
parmi nous, on lui conseilleroit de travailler dans le genre
pathétique (car on se donne bien de garde de déroger jusqu'à la comédie); à cet égard la folie du Public me paroît
toute simple : il entend ses intérêts : le théâtre lui offre cent
plaisirs réunis, auxquels rien ne peut suppléer : c'est là qu'il
est tyran ou protecteur; qu'il distribue la gloire ou le ridicule, et qu'il forme un corps redoutable, hérissé de tous les
traits de la malignité : c'est là qu'on le flatte, qu'on le caresse,
et qu'il s'élève un trophée des amours-propres qu'il humilie,
et des réputations qu'il fait : il jouit en présence, et des
craintes du poëte, et des soumissions de l'auteur : il satisfait
ses haines aveugles, ses prédilections qui ne le sont pas moins;
en un mot, c'est un Monarque entouré d'esclaves, dont il
affranchit quelques-uns, et dont il immole le plus grand
nombre. La gloire que l'on acquiert sourdement, loin de ce
Tribunal, est un larcin que l'on fait à ce public jaloux, dont
les traits sont bien moins à craindre, quand ils sont épar-
pillés. Cette gloire est cependant la seule que la plupart de
nos écrivains devroient ambitionner : tous les efforts qu'ils
font pour atteindre à la palme du théâtre, ne servent qu'à
les épuiser, et les rendre incapables de cueillir même un lau-
rier plus facile. Pourquoi ne pas consulter ses forces, et
surtout cet attrait que l'on a reçu de la nature? Lui seul
applanit les difficultés, dépouille le travail de ce qu'il a
d'épineux, et abrège le chemin qui mène à la considération.
Mais on diroit aujourd'hui que tous les esprits se ressemblent,
et qu'ils ont perdu cette empreinte originale qui distinguoit
chacun d'eux dans les beaux siècles de la littérature. Un
succès dans un genre entraîne tout le troupeau servile des
imitateurs; ils ne voient que le prix, sans mesurer l'intervalle qui les en sépare. Cela n'annonceroit-il pas un relâche-
ment réel dans les ressorts de l'esprit humain? La variété de

la nature prouve sa force et ses ressources; elle s'appauvrit, selon moi, dès qu'elle devient uniforme.

Au reste, je soumets ces réflexions nées sous une plume sans prétention et sans projet, à des juges plus éclairés. J'ai le desir de m'instruire et non l'orgueil de décider.

La bagatelle que je présente au public, a donné lieu à mes idées; mais, de bonne foi, je suis loin de penser qu'elle en remplisse l'étendue. Je demande, avant de finir, qu'on me permette un mot de justification pour les héroïnes de l'ouvrage. Ce que c'est que l'esprit philosophique! Il ne respecte rien : religion, gouvernement, et le profane et le sacré, tout est soumis à la censure de ce siècle frondeur et instruit; mais, à coup sûr, un de ses plus grands attentats est d'avoir attaqué la fidélité des tourterelles : en vain les poëtes, toujours si véridiques, les avoient mises en possession de cette vertu; en vain les amans les en ont félicitées cent fois, dans leurs langoureuses complaintes : il existe, dit-on, une dissertation scandaleuse et fulminante, qui leur dispute ce précieux avantage, et les range dans la classe des oiseaux volages et libertins. M. de Voltaire lui-même n'a-t-il pas dit, je ne sçais plus où :

> . . . . La Tourterelle,
> Qu'on a cru faussement des amans le modèle.

Peut-on deshonorer les gens avec cette légèreté? Voilà comment, d'un trait de plume, on flétrit les réputations les mieux établies. Pour moi, à des autorités si graves, je ne veux opposer que mon expérience. Je suis à portée de juger des mœurs de celle qu'on accuse; j'ai, sous mes yeux, leur amour, l'union de leur ménage, leurs tendres caresses; et je dois la vérité à l'innocence qu'on opprime. Ainsi, de quelques calomnies qu'on puisse les noircir, je leur donnerai quand elles voudront, un certificat de confiance, quitte à m'attirer sur les bras tous ceux qui leur contestent cette belle et ennuyeuse qualité.

A l'égard de ce poëme, c'est un badinage que sa frivolité met à l'abri de la critique; et je ne reclame point l'indulgence de ceux qui me liront, parce que je n'imagine pas qu'ils puissent se donner la peine d'être sévères. D'ailleurs, je suis parvenu à badiner avec le foible talent que la nature m'a donné : ne l'appréciant que ce qu'il vaut, j'ai éludé sa tyrannie, et n'en ai fait que l'instrument de mon plaisir. Malheur à ces écrivains susceptibles, à ces martyrs littéraires, dont l'amour-propre chatouilleux prête le flanc de tous côtés; qu'un rien affecte, qu'un rien aigrit; qui n'aiment ou ne haïssent qu'à proportion du prix qu'on attache à leurs ouvrages; infortunés toujours mécontens des autres à force d'être contens d'eux-mêmes; qui subordonnent leur bonheur à l'art puéril d'accumuler des rimes, et se repaissent tristement du petit orgueil de transmettre leurs rêves à la postérité! De tous les fous, semés sur ce globe, ce sont les plus mornes et les plus insupportables: la gloire est sans doute une chimère éblouissante que l'homme né sensible et superbe ne sçauroit dédaigner; mais il faut la traiter comme ces maîtresses capricieuses et coquettes, dont on n'obtient les faveurs qu'en paraissant ne les pas trop desirer. Ce que la poësie a de réel pour un philosophe, c'est qu'elle nourrit la sensibilité, étend l'imagination et fixe pour quelques instants, une ame qui s'évite, et un esprit qui se redoute : c'est que, dans ces momens, où tout est sombre autour de nous, elle devient un prisme heureux qui colore et embellit l'Univers : c'est qu'elle nous aide enfin à charmer l'ennui qui est, après le crime, le plus horrible fléau de l'humanité.

Eisen inv.
De Longueil Sculp.

De Longueil Sculp.

CHANT PREMIER

L'hyver cessoit d'attrister la nature.
L'oiseau déjà chantoit sous la verdure,
Et méditoit de nouvelles amours.
Les doux parfums annonçoient les beaux jours :
Du haut des airs, l'Amour battant des ailés,
De son flambeau semoit les étincelles,
Arrondissoit la route des bosquets,
Pour les amans élevoit mille dais ;
Rioit de voir la rêveuse Égérie,
En soupirant errer dans la prairie,

I

Cueillir des fleurs, et le sein agité,
Sans le sçavoir, chercher la volupté.

Dans ces instans que faire dans les villes ?
J'abandonnai leurs fastueux asyles,
Et m'envolai vers ces simples réduits,
Voisins des lieux habités par Zelmis.
O nom sacré que je redis sans cesse !
O nom si beau de ma belle maîtresse !
Toi qui me peins des souvenirs si chers,
A tout moment, reviens orner mes vers.

Je n'allois point porter dans ma retraite
D'un cœur usé la froideur inquiète ;
Ces longs dégoûts qu'avec les repentirs
On moissonna dans le champ des plaisirs ;
Des sens perdus, un esprit sans souplesse,
Un foible corps, vieilli par la mollesse.
J'avois soustrait à l'haleine des vents,
Tout ce qu'il faut pour jouir au printems.
L'œil enflammé, l'ame encor neuve et pure,
J'allois chercher Zelmis et la Nature,
Dans la saison où sortant du tombeau,
Elle sourit aux fleurs de son berceau,

A ces palais d'un verdoyant feuillage,
A ce Ciel pur dont Zelmis est l'image.

Libre de crainte, exempt d'ambition,
Ivre d'amour, amant de la Raison,
Je m'occupois de ces simples ouvrages,
Paisibles-soins, premiers travaux des sages.
Le bras armé de flexibles ciseaux,
Je dirigeois mes jeunes arbrisseaux.
Je ramenois les branches égarées,
Calmois le soif des plantes altérées :
Ma main toujours, du matin jusqu'au soir
Tenoit la serpe ou penchoit l'arrosoir.
Là j'oubliois tout ce peuple frivole,
Peuple d'enfans courbés devant l'Idole : -
Il faut un monde aux vœux d'un conquérant ;
Mais un jardin remplit ceux d'un amant.
Que lui faut-il ? des fleurs, un bosquet sombre,
Asyle frais, où soient cachés dans l'ombre
Ces doux larcins que profane le jour,
Ces doux larcins consentis par l'Amour.
Je trouvois tout dans mon rustique empire :
Zelmis souvent l'ornoit de son sourire :
Lorsque Zelmis y venoit respirer,

Pour quelques jours l'air sembloit s'épurer :
Elle y laissoit l'empreinte de ses graces :
Je me plaisois à marcher sur ses traces,
Et parcourant mes berceaux rafraîchis,
J'y distinguois tous les pas de Zelmis.

Sous des Tilleuls dont le sombre feuillage
S'entrelaçant formoit un doux ombrage,
Une volière, en ces réduits charmans,
Emprisonnoit mille oiseaux différens.
Des fils dorés entouroient cette enceinte,
Où l'on chantoit, où l'on aimoit sans crainte.
De toutes parts mille arbustes semés
En couronnoient les lambris parfumés.
Du sein des fleurs une eau riante et pure,
En jets brillans atteignoit la verdure.
Pour les élus, dans ce lieu réunis,
L'Amour partout avoit posé des nids.
On y voyoit la linotte étourdie,
Allant, venant, toujours vive et hardie,
Et la première à saluer le jour,
Rendre gaîment son hommage à l'amour :
A ses côtés, le serin plus tranquille,
Amant plus tendre et chantre plus habile,

Qui se taisoit, pour écouter la voix,
Les sons plaintifs de l'Amphion des bois.
Fuiant la foule & les plaisirs vulgaires,
Des tourtereaux, amans plus solitaires,
Bornés au soin d'être toujours heureux,
Chantant moins bien, ne s'en aimoient que mieux.
J'en reçus deux, puis-je compter leurs charmes,
Puis-je en parler, sans répandre des larmes ?
J'en reçus deux, de la main de Zelmis,
Qui dès longtems m'avoient été promis.
Tendre Nitor, ô Blandule plus tendre,
Oiseaux plus chers, que tous ceux du Méandre !
Leur col d'albâtre en blancheur surpassa
Le Cigne heureux qui séduisit Léda.
Peindrois-je bien leurs graces immortelles ?
Leurs pieds de rose et l'argent de leurs aîles ?
Leurs doux soupirs, leur amoureuse ardeur ;
Leur beau plumage aussi pur que leur cœur ?

ZELMIS voulut, ô souvenir que j'aime !
Dans leur prison les conduire elle-même :
Et de sa main, à mes yeux les plaçant,
Multiplier et parer son présent.
Lorsque Zelmis entrouvrit le treillage,

Que vis-je ? ô Dieux ! quelle riante image !
Tous les oiseaux, qu'elle enchanta soudain,
L'environnoient de leur folâtre essain.
A son aspect, aucun n'étoit farouche :
Leurs becs ardens s'humectoient sur sa bouche.
L'un voltigeoit autour de ses cheveux :
De ses rubans l'autre agitoit les nœuds :
L'autre fuyant la main qui le rejette,
Dans les habits cherchoit une retraite :
Ils la prenoient pour l'arbuste embaumé,
Où naît la fleur, dont il est parfumé :
Mais ceux hélas ! qui l'aimoient dès l'enfance,
Et qu'elle alloit priver de sa présence,
Ceux-là surtout ne peuvent la quitter :
A les reprendre ils semblent l'inviter ;
Semblent lui dire, implorant sa tendresse :
Qu'avons-nous fait, ô charmante maîtresse ?
Ils se sauvoient, se cachoient dans son sein :
Ils connoissoient un aussi doux chemin.
En vain chassés par une main si belle,
Toujours, toujours ils revoloient près d'elle,
Et redoublant leurs accens douloureux,
Lui roucouloient les plus tendres adieux.
Infortunés, je conçois vos allarmes !

Il est affreux de quitter tant de charmes :
Sans doute alors vous sentiez vos malheurs.
Zelmis s'échappe, et va cacher ses pleurs :
Moi, je la suis. En vain elle m'évite.
A ses genoux l'amour me précipite ;
Et je lui dis : « Quoi ! vous pleurez ! Ah ! Dieux ! »
Quoi ! Zelmis pleure, en me rendant heureux !
Elle a pitié du transport qui m'inspire,
Et dans ses pleurs entremêle un sourire.
Ainsi le Dieu, qui préside aux moissons,
Sur le nuage imprime ses rayons.

Nos deux captifs livrés à leur tristesse,
En longs regrets consumoient leur tendresse ;
Incessamment leurs soupirs réunis
Se confondoient, pour rappeler Zelmis.
Ils ne pouvoient oublier son image,
Et ses accens mêlés à leur ramage,
Le tact léger de ses doigts délicats,
Et le bonheur qu'ils goûtoient dans ses bras.

Enfin l'Amour vint suspendre leur peine :
Par l'infortune il resserra leurs chaînes :
L'Amour ordonne ; ils vont être soumis :

Lui seul pouvoit consoler de Zelmis.
Jeune Blandule, il est tems d'être mère ;
Et que Nitor sente l'orgueil d'un père.
Je vois déjà ton plumage argenté,
Auprès de lui frémir de volupté :
Pour l'attirer, tu le fuis avec grâce :
Son bec déjà dans le tien s'entrelace :
En lui cédant, tu caches tes désirs ;
Et ta pudeur a doublé ses plaisirs.

Ce couple ainsi rappelant son courage,
Se renfermoit dans les soins du ménage,
S'entrebaisoit, réchauffoit, tour-à-tour,
Ses tendres œufs, doux fruits de son amour.
De la volière il étoit le modèle.
On leur laissoit la branche la plus belle :
Par les attraits et surtout par les mœurs,
De jour en jour ils conquéroient des cœurs ;
On les citoit ; et leur constance extrême
En imposoit au moineau-franc lui-même.

Ah ! laissons-les paisiblement jouir.
De ce bonheur, qui va s'évanouir.
Tout ici-bas est mêlé d'amertume :

La rose naît ; le soleil la consume ;
Et les humains comme les tourtereaux ,
Dans les plaisirs ont le germe des maux.

CHANT SECOND

QUELS doux parfums, et que l'air est tranquille !
Des arbrisseaux la tige est immobile ;
Le ciel est pur : dois-je en être surpris ?
C'est aujourd'hui la fête de Zelmis.
Humbles gazons, vous servirez de trônes ;
Flore, Zéphirs, préparons des couronnes :
Que ces bosquets soient peints de vos couleurs ;
Que ces rameaux soient des branches de fleurs.
Que l'art ici, l'art par qui tout s'altère,
Ne mêle point sa parure étrangère.
Qu'ai-je besoin de ces dais fastueux,
Où l'or semé vient fatiguer mes yeux ?
De ces tapis, où l'adroite imposture
Péniblement contrefait la nature ?
Seule elle doit embellir ce séjour,
Et former seule un temple pour l'Amour.
Toi qu'elle anime et que son souffle éveille,
Dieu du printems, prête-lui ta corbeille ;

Sous ces berceaux par vous-mêmes arrondis,
Unissez-vous pour recevoir Zelmis.

Elle va donc, sous ce naissant ombrage,
Se reposer, sourire à mon ouvrage !
L'air, le même air qu'ici j'ai respiré,
Pénétrera dans son sein épuré ;
L'arbre odorant que j'ai planté pour elle,
Sera touché par la main la plus belle !
Elle va donc, sur ce riant séjour,
Lever ses yeux, pour me faire un beau jour !
Plaisir sacré que le Ciel nous dispense,
O sentiment, charme de l'existence,
Toi, par qui seul j'ai goûté le bonheur,
Et ne crains plus de rentrer dans mon cœur,
Toi, dont l'heureuse et touchante magie
Change en instans le siècle de la vie,
O tact brûlant, dans l'ame renfermé,
Toujours actif et jamais consumé,
Qui doubles tout, nous fais chérir nos chaînes,
Et nous appris la volupté des peines,
Combien, hélas ! me semble infortuné,
Et qui t'ignore et qui t'a profané !...

Qu'ai-je entendu? c'est Zelmis!.. Oui ; c'est elle..
Elle paroît, et tout se renouvelle.
Roses et lys, prêts à s'épanouir,
Tout dans ces lieux l'attendoit pour fleurir.
Ses longs cheveux flottent à l'avanture :
Elle est parée et n'a point de parure.
Sa robe vole en replis ondoyans :
Son sein se cache à l'ombre des rubans :
Elle intéresse, elle amuse, elle enchante :
Toujours folâtre, elle est toujours décente ;
Elle connoît ce rire précieux,
Qui part du cœur, quand le cœur est heureux.
Jamais Zelmis ne court après les graces :
Fait-elle un pas ? elles sont sur ses traces.
Zelmis, sans soins et sans rivalité,
Sçait être belle avec sérénité :
Tous les attraits composent sa ceinture,
Tous les attraits que l'innocence épure :
C'est une fleur, qui s'ouvre à peine au jour ;
Et Zelmis tremble en soupçonnant l'Amour.

Phébus déjà, du plus haut de son trône,
Lance les feux qui forment sa couronne.
Dans un salon, de guirlandes orné,

Où le Zéphir semble être emprisonné,
Zelmis s'envole avec sa Cour fidelle,
Corinne, Églé, qu'elle entraîne après elle.
Des amis vrais partagent mon bonheur :
Tous les plaisirs sont entrés dans mon cœur :
Tous ces plaisirs qu'un monde vain soupçonne,
Qu'amour promet, et que l'amitié donne.
On se rassemble ; on s'est déjà placé,
Près de l'autel que Comus a dressé.
Zelmis s'assied : un pavillon de roses,
Jeunes comme elle avec l'aurore écloses,
Parfume l'air et tient lieu de lambris :
L'Amour y plane ; il sourit à Zelmis,
Et sur son front balance un diadème,
De myrtes frais qu'il a cueillis lui-même.
Des instrumens les accords les plus doux,
Par intervalle arrivent jusqu'à nous.
L'œil de Zelmis et s'anime et s'enflâme :
Tout son esprit est puisé dans son ame.
Sa belle main verse, dans les cristaux,
Ce jus ambré, mûri sur les côteaux.
De sa vapeur, l'éclair de la saillie
Naît sans effort, brille et se multiplie :
Chaque convive en ces momens heureux,

Boit le plaisir dans la coupe des Dieux.

L'AIR est plus frais : le folâtre Zéphire,
Sous la verdure exerçant son empire,
Disperse au loin les plus douces odeurs,
Qu'il vient d'extraire, en caressant les fleurs.
Zelmis s'échappe, et court à la volière,
Que son présent doit lui rendre plus chère.
Elle y revoit ses jeunes Tourtereaux,
Bien moins heureux, mais toujours aussi beaux.
A peine ils ont aperçu leur Maîtresse ;
Dieux ! qui peindroit leurs transports, leur ivresse !
En cris de joie ils changent leurs soupirs ;
Ils quittent tout, leurs nids et leurs plaisirs.
Il faut les voir lui porter leur hommage,
Passer leurs becs à travers le treillage,
Battre de l'aîle, et tous deux s'élancer
Vers cette main qui vient les caresser.
Ingrats humains, suivez de tels modèles :
Toujours heureux, et jamais infidèles,
Ils sont bien plus ; on ne les voit jamais,
Ainsi que vous, oublier les bienfaits.
A ces amans un fils venoit d'éclore,
Gage chéri qui les unit encore :

Vers son berceau rappelé par ses cris,
Ils semblent fiers de l'offrir à Zelmis.
Veillez sur eux; gardez bien, me dit-elle,
Un si beau couple, un couple si fidelle.
Pendant ce tems, tous les autres oiseaux,
Par mille jeux font plier les rameaux.
Tout s'attendrit, tout brûle en ces asyles:
On n'y voit point de cœurs froids et tranquilles:
La jouissance est un nouvel attrait;
L'amour renaît de l'amour satisfait.
L'affreux dégoût, enfant de la foiblesse,
N'y corrompt point cette immortelle yvresse.
Ce ne sont point de passagers desirs:
C'est le bonheur fixé par les plaisirs.
Que de soupirs! que d'ardens sacrifices!
Que de baisers, de feux et de délices!
Chaque panier, dans ce séjour charmant,
Renferme un père ou renferme un amant.

Tristes mortels, cœurs glacés et paisibles,
Ah! malheureux, qui n'êtes point sensibles;
Vous, Sages vains, qui raisonnant toujours,
Effarouchez l'enfance des Amours:
Et vous, surtout, innombrables coquettes,

Qui de nos feux égayez vos toilettes,
Dont le sourire annonce nos tourmens,
Qui par orgueil commandez à vos sens,
Accourez tous autour de ma volière :
Que ce tableau vous frappe et vous éclaire.
Venez y voir l'image du bonheur,
L'amour sans voile et sans masque trompeur ;
Les désirs vrais et la volupté pure
Qu'à chaque instant reproduit la Nature :
D'un peuple aîlé ce délire éternel ;
Ces œufs cachés sous le sein maternel :
Les doux refus de l'amante embellie,
L'art innocent de la coquetterie :
Venez apprendre avec mes Tourtereaux
Tout ce qui seul pourroit charmer vos maux.
Apprenez d'eux le prix de la confiance,
Et des baisers la profonde science ;
Tous les secrets des transports amoureux,
L'art de jouir et celui d'être heureux.

Sur ces objets, renouvelés sans cesse,
L'œil de Zelmis se fixe avec tendresse.
Son front se voile ; une douce langueur
Vient s'y répandre et parler à mon cœur.

Sa main sur moi tombe avec négligence :
Zelmis se tait : voluptueux silence !
Bien plus ému, son sein dans ce moment,
Ressemble au lys, agité par le vent.
Près de ces lieux, par l'instinct enchaînée,
De son désordre elle semble étonnée,
Pour le cacher accroît son embarras,
Veut fuir, revient, et tombe entre mes bras...
Pardonne, Amour ; Amour, qu'elle étoit belle !
Tu m'enivrois ; j'étois seul avec elle.
Son voile errant avoit quitté son sein :
Son cœur battoit sous ma tremblante main.
J'osai, grands Dieux ! Pouvois-je m'en défendre ?
J'osai cueillir le baiser le plus tendre :
Oui, sur sa bouche, où respirent les fleurs,
J'osai cueillir les premières faveurs :
Premier baiser, que vous avez de charmes ?
Mais quelquefois, vous coûtez bien des larmes :
Vous arracher, c'est vouloir vous ternir :
Pour vous goûter, il faut vous obtenir.

Zelmis renaît : Ciel ! quel courroux l'anime !
Un seul regard m'avertit de mon crime :
Mon trouble encore augmente par le sien ;

Elle me suit, sans me reprocher rien ;
Mais elle fuit ! ô tourment effroyable !
Est-on heureux, alors qu'on est coupable !
Combien l'amour doit voiler ses desirs ?
En les hâtant, il détruit ses plaisirs.
A mon aspect, Zelmis est interdite :
Je fuis ses yeux, et son regard m'évite.
Ah ! malheureux, peut-être sans retour,
J'ai troublé seul le soir d'un si beau jour.

Déja Zelmis a quitté ma retraite,
Dans quels ennuis son absence me jette !
Fatal baiser !... baiser plein de douceur,
Tu me poursuis, et peses sur mon cœur.
Qu'ai-je entendu ? Précurseur de l'orage,
Un vent affreux fait gémir le feuillage.
L'Astre des nuits, dans son cours emporté,
Ne verse plus qu'une pâle clarté.
La foudre gronde, et déchirant la nue,
Me laisse voir une sphère inconnue ;
Et dans les cieux ouverts et refermés,
L'éclair s'échappe en sillons enflammés.
Dieu ! voulez-vous, dans cette nuit obscure,
Pour un baiser, consterner la nature ?

Pourquoi le Ciel donne-t-il des désirs,
Si par la foudre il punit les plaisirs ?

Le vent redouble, et pour dernier ravage,
De la volière il brise le treillage.
Un Épervier, ô désastre ! ô douleur !
D'un vol brulant y tombe avec fureur.
Figurez-vous l'alarme universelle :
J'entends gémir sous sa serre cruelle,
Ce peuple doux, paisible et désarmé,
Fait pour aimer, et fait pour être aimé.
Le ravisseur ensanglante l'asyle
De l'innocence et du sommeil tranquille.
De toutes parts les nids sont renversés :
Les tendres œufs, amour, sont fracassés :
Blandule, hélas ! mère trop malheureuse,
Couvroit son fils de son aîle amoureuse ;
Et résolue à lui servir d'appui,
En s'oubliant, ne trembloit que pour lui.
Le monstre approche, à ses yeux le dévore :
Teint de son sang, il la poursuit encore
Nitor en vain déploie en son courroux,
L'ame d'un père et le cœur d'un époux :
Nitor blessé ne sçauroit la défendre.

On la ravit à l'époux le plus tendre ;
Et l'Épervier, s'élevant dans les airs,
Porte sa proie au fond de ses déserts.

DÉSASTRE affreux ! ô nuit épouvantable !
Oui ; telle fut cette nuit lamentable
Qui précéda les horribles destins,
Et le trépas du plus grand des Romains.

CHANT TROISIÈME

Sur les rameaux, abattus par l'orage,
Au frais matin l'oiseau vient rendre hommage.
Déjà l'Aurore, au front pur et riant,
De son écharpe embrasse l'Orient :
De son éclat déjà le Ciel se dore ;
Et par dégrés l'Univers se colore :
Elle s'étonne et cherche en vain des fleurs,
Pour y verser le trésor de ses pleurs.
Roses et lys sont tombés de leur trône ;
Flore gémit de se voir sans couronne :
Vertumne, en vain rappelant les Zéphirs,
N'étale plus sa robe de saphirs ;
Et le soleil, perçant la nue obscure,
Pourra lui seul réchauffer la nature.

Plein de Zelmis, occupé de mes feux,
Je savourois mes ennuis amoureux ;

Et ce baiser , qui l'avoit offensée,
Venoit toujours s'offrir à ma pensée ;
Douces langueurs, aimable souvenir,
Où se confond la peine et le plaisir !
Je quitte enfin la retraite obscurcie,
Où l'homme meurt, la moitié de sa vie :
Asyle sombre, et qui sert, tour à tour,
D'antre aux soucis, et de dais à l'amour.

Sous ces berceaux quelle horreur répandue ?
Dieux ! quels objets présentés à ma vue !
A chaque pas, tout mon cœur est troublé ;
Je vois un père, un époux désolé.
Blandule, hélas ? Blandule m'est ravie !...
Dieux inhumains, prenez encor ma vie.
Que vais-je faire ! et que dira Zelmis ?
Ah ! son aspect ne m'est donc plus permis !...
Il faut la fuir, il faut mourir loin d'elle...
Je vais, je cours, j'examine, j'appelle.
Que je te plains , époux abandonné,
Des Tourtereaux le plus infortuné !
De ses ennuis rien ne peut le distraire ;
Rien n'interrompt sa douleur solitaire :

Il redemande aux échos attendris
Sa jeune Amante, et son unique fils.
Tel autrefois le chantre de la Thrace
Aux antres sourds apprenoit sa disgrace ;
La redisoit de réduit en réduit,
A la nuit sombre, à l'astre qui la suit ;
D'un Ciel barbare accusoit l'injustice,
Et répétoit le beau nom d'Euridice.
Amour, amour, si mon cœur t'est soumis,
Rends-moi l'oiseau que m'a donné Zelmis.
Tu sçais, Amour, combien Zelmis est belle :
Tu la formas, tu dois agir pour elle.

L'amour alors arrêté dans Paris,
Cachoit les pleurs, sous le voile des ris ;
De nos Laïs dirigeoit les caprices,
Formoit leur cœur, fertile en artifices ;
Sur leurs habits et sur leurs chars brillans
Répandoit l'or de nos sots opulens ;
De cent Milords réglant les destinées,
Dans nos boudoirs il semoit leurs guinées,
D'un sein fané relevoit les débris,
Récrépissoit de vieux attraits flétris,

Et triomphoit, de voir l'adroite Hortense
Plaire à trente ans, par un air d'innocence.
Enfin ce Dieu de ruses excédé,
L'aîle trainante et le carquois vuidé,
Las et content, s'en alloit à Cithère
Se reposer sur le sein de sa mère.
Sous mes tilleuls il s'arrête un moment ;
Sous ces tilleuls, où Nitor gémissant
Faisoit entendre une voix si touchante,
Et rappeloit sa malheureuse Amante.
L'amour, avant de retourner aux Cieux,
Veut s'égayer par quelques nouveaux jeux.
Toujours léger, dangereux et frivole,
Il est cruel, même alors qu'il s'envole ;
Et lorsqu'à nuire il vient de s'occuper,
Le Dieu malin se délasse à tromper.

Point de repos, signalons ma puissance ;
Et de Nitor éprouvons la constance,
Dit-il : voyons s'il mérite le prix
Que je lui garde, & les soins de Zelmis.
Lorsque tout vole à des ardeurs nouvelles,
Les Tourtereaux sont-ils les seuls fidelles ?

Puis-je le croire ? Il dit : et de sa main,
Dans la volière il introduit soudain
Un autre oiseau, l'image de Blandule ;
C'est elle-même, ou du moins son émule.
Elle a, comme elle, une rare beauté ;
Des pieds de rose, un plumage argenté,
Un col nué, des yeux pleins de tendresse,
Et cette voix dont le charme intéresse.
A cet aspect, Nitor est enchanté :
Déjà près d'elle il s'est précipité :
Ivre de joie, heureux par l'imposture,
L'amant charmé ne sent plus sa blessure ;
Mais, s'élançant vers l'ombre du bonheur,
Il est bientôt averti par son cœur.
Tous les oiseaux autour d'elle s'empressent :
Leurs becs unis à l'envi la caressent ;
C'est leur Blandule échappée au trépas.
Tous sont trompés ; Nitor seul ne l'est pas.
Le même instant voit éteindre sa flâme ;
L'erreur des yeux ne va pas jusqu'à l'âme.
Il est, il est d'invisibles attraits,
Dont le cœur seul a connu les secrets.
Tendre Blandule, oui, c'est ta ressemblance,
C'est ta beauté, mais non ton innocence.

4

Sous ces bosquets où la belle Cypris
Sourit aux jeux de ses oiseaux chéris,
Son fils lui-même éleva cette Hélène,
Au milieu d'eux prenant des airs de Reine.
Elle attiroit cent jeunes tourtereaux,
Et leur donnoit cent pigeons pour rivaux.
Combien, hélas ! furent quittés par elle !
Toujours charmante, et toujours infidelle,
Elle amusoit les loisirs de l'Amour,
Qui la forma pour briller à sa cour.
Comme son Maître, elle est légère et vive ;
Toujours enchaîne et n'est jamais captive.
Ce Dieu souvent la posoit sur son sein,
Lui sourioit, caressoit de la main
Les lys mouvans de son aîle badine,
Mouilloit son bec sur sa lèvre enfantine,
Et lui souffloit les folâtres désirs,
Et l'inconstance et le goût des plaisirs.

Ton ennemie est déjà sous les armes :
Nitor, Nitor, vaincras-tu tant de charmes ?
Lorsqu'à ses yeux le plaisir a brillé,
L'amour séduit est bientôt consolé,

Près de Nitor, déjà l'enchanteresse,
Pour mieux lui plaire, imite sa tristesse.
Il faut la voir avec empressement
Suivre les pas de son nouvel amant,
Le prévenir par mille soins perfides,
Risquer souvent des caresses timides,
Ne point quitter le rameau qu'il choisit,
Renouveler le duvet de son lit,
Et sous les soins de l'amante inquiette
Cacher la fraude et l'art de la coquette.
Nitor résiste : on s'arme de courroux ;
On veut le vaincre, en le rendant jaloux.
A cent oiseaux elle affecte de plaire ;
Corrompt, hélas ! les mœurs de la volière :
Aux Tourtereaux si constants, si vantés,
Elle apprend l'art des infidélités ;
L'art de trahir ! elle entraîne, elle amuse :
Des cœurs gâtés le plaisir est l'excuse.
A peine éclos, l'œuf périt sans chaleur :
L'épouse en vain fait parler sa douleur ;
L'épouse ennuie, et n'est point écoutée ;
La courtisanne est seule respectée,
Divise tout, brise les plus saints nœuds,
Et s'embellit, en faisant des heureux.

Telle autrefois on vit la jeune Armide,
Cachant ses yeux sous un maintien perfide,
De notre foi séduire les soutiens,
Et diviser tout le camp des Chrétiens.

Parmi ces feux, ce trouble, cette ivresse,
Nitor commence à craindre sa foiblesse :
Il interrompt ses lugubres accens ;
Et le desir vient effleurer ses sens.
Plus sage alors, l'Armide tourterelle,
Prend un maintien, et lui paroît plus belle,
Vole avec lui de rameaux en rameaux,
Avec dédain éconduit ses rivaux,
Et, sous l'abri d'un tranquille feuillage,
Va pour lui seul, déployer son plumage.
La voyez-vous suivre le beau Nitor,
Le béqueter, le béqueter encor,
Développer mille graces nouvelles,
Eparpiller l'albâtre de ses ailes,
Et s'agiter et peindre le desir,
Et roucouler le signal du plaisir.
Nitor soupire ; il combat, il balance :
Quel doux chemin nous mène à l'inconstance ?

Déjà leurs becs viennent se caresser :
Leurs cols déjà sont prêts à s'enlacer ;
Voici l'instant... ô courage ! ô prodige !
Nitor soudain reconnoit le prestige :
Nitor s'envole ; il fuit, il est vainqueur :
Blandule encor va regner sur son cœur.
Triomphe, enfin : ta Blandule est sauvée.
Zelmis l'aimoit ; l'Amour l'a conservée.

Dans ces momens, sur un rameau voisin,
Elle attendoit quel seroit son destin.
Son cœur flottant, lorsque Nitor balance,
S'ouvre à la crainte et s'ouvre à l'espérance :
Elle retient ses tendres mouvemens,
Et ses soupirs et ses roucoulemens :
Voyant, hélas ! sa rivale si belle,
Elle a tremblé d'aimer un infidèle.

Mais sûre enfin des feux de son époux,
Elle se livre aux transports les plus doux,
Se précipite, et d'une aîle légère,
Passe, repasse autour de la volière,

Nitor la voit; ce n'est plus une erreur :
Il croit ses yeux; il en croit plus son cœur :
Dans ses regards que d'amour se déploie !
Il meurt, renaît, et se pâme de joie.
Que de baisers, en dépit des barreaux,
Donnés, reçus, par ces tendres oiseaux !
Grilles, tombez; tombez triste barrière :
Leurs becs passoient à travers la volière :
Pour contenter un aussi chaste feu,
Leurs becs passoient; hélas! c'étoit bien peu.

Zelmis paroît, par moi-même conduite.
Dieux ! quel tableau ! comme son cœur palpite !
Des pleurs de joie échappent de nos yeux.
Nous les voyons, quels objets pour tous deux !
S'entrebaiser, se parler, se répondre,
Par mille jeux chercher à se confondre.
Déjà Blandule a volé sur nos pas;
Nous reconnoît, et tombe entre nos bras.
Combien Zelmis la flatte et la caresse !
Combien Nitor lui prouve sa tendresse !
Tous deux enfin par l'amour réunis,
Vont être heureux sur le sein de Zelmis.

Dans leur réduit la paix est revenue :

La corruptrice est déjà disparue ;

Et dans ce jour, à jamais fortuné,

Jusqu'au baiser tout me fut pardonné.

Eisen inv.   De Longueil Sculp.

CATALOGUE

DE LA

LIBRAIRIE J. LEMONNYER

ROUEN

RUE DES CARMES ET PASSAGE SAINT-HERBLAND

—

MAI 1880

Ce catalogue annule les précédents.

ÉVREUX, IMPRIMERIE DE CHARLES HÉRISSEY.

RÉIMPRESSION

DES PLUS BEAUX

LIVRES A GRAVURES

DU XVIIIᵉ SIÈCLE

PREMIÈRE SÉRIE

Recueil des meilleurs contes en vers, par VOLTAIRE, VERGIER, GRÉCOURT, PIRON, LA FONTAINE, etc., 4 volumes. — *Le Fond du Sac*, par NOGARET, 2 volumes. *La Pucelle d'Orléans*, par VOLTAIRE, 2 volumes.

Ensemble 8 volumes in-16, papier vergé de Hollande, caractères elzéviriens, ornés de charmantes vignettes en taille-douce, à mi-page, par Duplessis-Bertaux, Fesquet et Jules Garnier.

Parmi tous les charmants volumes édités par Cazin dans la seconde moitié du XVIIIᵉ siècle, et enrichis de si merveilleuses illustrations, il n'en est pas de plus rares et de plus affectionnés des amateurs, que le RECUEIL DES CONTES EN VERS, la PUCELLE D'ORLÉANS, et le FOND DU SAC, dont nous venons de terminer la réimpression.

M. Leclère, libraire à Paris, avait déjà fait paraître

en 1862, avec le goût délicat d'un véritable bibliophile, une nouvelle édition de ces jolis volumes ; mais la vogue n'était pas encore acquise aux livres illustrés du xviiiⁿ siècle, et ils ne furent pas alors appréciés des amateurs, qui les paient maintenant jusqu'à cinq et six fois leur prix de publication.

Aujourd'hui la mode est aux livres à gravures, surtout aux belles illustrations du xviiiⁿ siècle, et nous avons été heureux de saisir l'occasion qui nous était offerte d'acquérir les planches originales de Duplessis-Bertaux et de publier une nouvelle édition des Conteurs. Nous n'avons rien négligé pour que cette réimpression soit digne de ses aînées. Les planches ont été retouchées avec un art infini par M. Lamour, et le tirage des gravures, confié à M. Dorval, imprimeur en taille-douce, lui fait le plus grand honneur. Le papier, fabriqué spécialement pour notre édition, sort de chez MM. Morel et Cie, et M. Hérissey, l'habile imprimeur d'Évreux, donne tous ses soins à l'impression typographique. Nous avons adopté les caractères elzéviriens de l'édition princeps (*Cazin, 1778*), mais nous avons préféré le format in-16, qui nous a permis de donner à nos volumes, avec des marges plus grandes, un aspect beaucoup plus gracieux.

Convaincu du succès de notre publication, qui s'était affirmé dès la mise en vente des deux premiers volumes, nous n'avons pas hésité, malgré les frais énormes d'impression en taille-douce, à donner en plus dans les Contes de La Fontaine, un portrait de l'auteur, dans un joli encadrement genre xviiiⁿ siècle, et sept figures de Duplessis-Bertaux, que M. Leclère avait, par économie sans doute, négligé de faire entrer dans son édition. Trois de ces gravures appartiennent à Joconde, trois à la Gageure des trois commères, et une au Roi Candaule.

Le Fond du Sac a été tellement augmenté, qu'il forme une véritable publication nouvelle et inédite. Au lieu des dix-huit contes de Nogaret que contenait l'édition Leclère, notre premier volume seul en contient cinquante-huit, empruntés tous aux Contes en vers du même auteur, édition rarissime de *Paris, Debray*, 1810, deux volumes in-12. Toutes les vignettes de l'ancienne édition servent à l'illustration de ce premier volume, qui renferme en plus une charmante vignette inédite.

Le second volume comprend les contes si gais et si spirituels de Théis, parus dans le Singe de La Fontaine, et ceux non moins amusants de l'abbé Bretin, le digne émule de Grécourt et de Voisenon. MM. Fesquet et Jules Garnier ont dessiné pour ce volume dix ravissantes vignettes, gravées à l'eau-forte par M. Champollion, et dignes, comme composition et comme gravure, de figurer dans la collection de Duplessis-Bertaux.

Tous les amateurs connaissent la jolie édition de la Pucelle d'Orléans, imprimée par Cazin, avec figures à mi-page. Notre réimpression est textuelle et les épreuves des vignettes sont peut-être les plus belles de notre collection pour la vigueur et le velouté des gravures. Nous avons ajouté en regard du titre du premier volume un très beau portrait de Voltaire.

CONTES ET NOUVELLES EN VERS

PAR VOLTAIRE, VERGIER, GRÉCOURT, PIRON, DORAT, SAINT-LAMBERT, ETC. , ETC.

2 jolis volumes in-16, papier vergé, caractères elzéviriens, ornés de 46 vignettes en taille-douce et de 2 portraits-médaillons sur les titres, par DUPLESSIS-BERTAUX. Le volume. 1 5 fr. »

Il a été tiré à part pour les amateurs, avec justification spéciale et numérotés :

150 exemplaires sur papier vergé de Hollande, petit in-8 écu.
Le volume. 2 5 fr.
150 exempl. sur pap. Whatman. — 30
50 exempl. sur pap. de Chine. — 35
4 exempl. sur peau de vélin. — 100

CONTES ET NOUVELLES EN VERS

PAR M. DE LA FONTAINE

2 forts volumes in-16, papier vergé, caractères elzéviriens, ornés des 77 charmantes vignettes à mi-page de DUPLESSIS-BERTAUX, de deux portraits-médaillons sur les titres, et d'un beau portrait de La Fontaine. Le volume. 20 fr. »

Il a été tiré à part pour les amateurs, avec justification spéciale et numérotés :

150 exemplaires sur papier vergé de Hollande, petit in-8 écu.
Le volume. 30 fr.
150 exempl. sur pap. Whatman. — 35
50 exempl. sur pap. de Chine. — 40
4 exempl. sur peau de vélin. — 150

Spécimen du texte et des gravures des Contes de La Fontaine

MAZET DE LAMPORECHIO

NOUVELLE TIRÉE DE BOCCACE

Le voile n'est le rempart le plus sûr
Contre l'amour, ni le moins accessible :
Un bon mari, mieux que grille ni mur,
Y pourvoira, si pourvoir est possible.
C'est à mon sens une erreur trop visible
A des parents, pour ne dire autrement,
De présumer, après qu'une personne
Bon gré mal gré s'est mise en un couvent,
Que Dieu prendra ce qu'ainsi l'on lui donne :
Abus, abus ; je tiens que le malin
N'a revenu plus clair et plus certain,
(Sauf toutefois l'assistance divine).
Encore un coup, ne faut qu'on s'imagine
Que d'être pure et nette de péché
Soit privilege à la guimpe attaché.
Nenni da, non. Je prétends qu'au contraire

LE FOND DU SAC

Recueil de Contes en vers

PAR NOGARET, THÉÏS ET L'ABBÉ BRETIN

2 jolis volumes in-16, papier vergé, caractères elzéviriens, fleurons et culs-de-lampe, ornés d'un très beau
frontispice et de 21 gravures en taille-douce, à mi-page,
dans le genre des vignettes de DUPLESSIS-BERTAUX. Le
volume. 15 fr. »

Il a été tiré à part pour les amateurs, avec justification spéciale
et numérotés :

150 exemplaires sur papier vergé de Hollande, petit in-8 écu.
　　　　　　　　　　　　　　Le volume　　25 fr.
150 exempl. sur pap. Whatman. — 30
50 exempl. sur pap. de Chine. — 35
4 exempl. sur peau de vélin. — 100

LA PUCELLE D'ORLÉANS

— PAR VOLTAIRE

2 volumes in-16, papier vergé, caractères elzéviriens,
ornés du portrait de l'auteur, de deux portraits-médaillons
sur les titres, d'un frontispice et de 21 gravures à mi-page,
de DUPLESSIS-BERTAUX. Le volume. 20 fr. »

Il a été tiré à part pour les amateurs, avec justification spéciale
et numérotés :

150 exemplaires sur papier vergé de Hollande, petit in-8 écu.
　　　　　　　　　　　　　　Le volume.　　30 fr.
150 exempl. sur pap. Whatman. — 35
50 exempl. sur pap. de Chine. — 40
4 exempl. sur peau de vélin. — 150

AVIS

*Pour les souscripteurs à la collection complète des 8 volu-
mes, le prix des* CONTES DE LA FONTAINE *et de la* PUCELLE
D'ORLÉANS, *est le même que celui des quatre autres volumes.*

DORAT. *Les Tourterelles de Zelmis,* — DORAT. *Les Baisers.* — MONTESQUIEU. *Le Temple de Gnide, figures d'Eisen.* — FAVRE. *Les Quatre Heures de la Toilette des Dames.* — ETC., ETC.

« Le XVIIIe siècle, dit M. Mehl dans son *Guide de l'amateur de livres à figures,* est l'époque la plus féconde, la plus riche et la plus gracieuse de l'art décoratif sous toutes ses formes. » Il n'est donc pas surprenant que les bibliophiles recherchent avec passion les beaux livres à figures de cette époque, dont malheureusement l'acquisition devient de plus en plus difficile et les prix de moins en moins abordables pour beaucoup d'amateurs. C'est pour ces derniers, — que nous estimons être très nombreux, — que nous avons osé entreprendre cette nouvelle série de réimpressions. *Oser* est le mot juste, car pour rééditer des livres à figures comme les *Baisers* de DORAT, *le Temple de Gnide* de Montesquieu, avec les dessins d'Eisen, les *Quatre Heures de la Toilette des Dames,* etc., il faut avoir une foi véritablement robuste. Nous ne nous faisons pas d'illusion : les amateurs qui peuvent consacrer 12 ou 1500 fr. à l'achat des *Baisers,* souriront de notre hardiesse; les gros libraires parisiens, nos très honorés collègues, jaseront, et, comme disait feu Vadé, mépriseront la marchandise; mais les

jeunes amateurs, tous ceux dont les revenus ne sont pas
en rapport avec leur goût pour les beaux livres et les gracieuses illustrations, ceux-là, nous l'espérons, achèteront
nos réimpressions, dont le prix sera toujours à la portée
des fortunes les plus modestes.

Nous avons fait de nombreux essais de reproduction;
nous nous sommes adressé à plusieurs artistes, et nous
avons tenu à soumettre tout d'abord les premières épreuves
des gravures, à des connaisseurs sévères et même difficiles.
Tous ont applaudi à ces essais et nous ont encouragé.
Pour être juste cependant, disons vite que quelques amateurs ont ajouté : — « C'est très gentil, mais ce n'est pas
encore çà l'original. » — Mais, pardieu ! non, ce n'est pas
l'original, et nous n'avons pas l'outrecuidance de donner
pour cent sous des livres illustrés par Eisen ou Marillier,
qui se vendent couramment 50 fr.; nous ne prétendons
pas que notre édition des *Baisers* à 40 fr. vaudra l'édition originale en grand papier, qui en coûte 1,500 ; mais
ce que nous avons la prétention d'offrir aux amateurs, ce
sont des réimpressions jolies, gracieuses, soignées à tous
les points de vue, comme papier, comme impression, et
comme reproduction tellement fidèle des gravures, qu'elles
peuvent être confondues, pour ainsi dire, avec les gravures originales.

Nous croyons que, pour les livres à gravures, toutes les
notes et toutes les descriptions possibles laissent l'amateur
absolument incertain sur leur mérite. Nous avons donc,
sans regarder aux frais, donné ci-après un spécimen de nos
réimpressions, et nous laissons à nos clients le soin de
conclure et de nous démontrer si nous nous sommes abu-
sés.

Vient de paraître :

DORAT

—

LES TOURTERELLES

DE ZELMIS

POÈME EN TROIS CHANTS

Une jolie plaquette in-8, papier vergé teinté, ornée d'un frontispice, une grande gravure, une vignette et un cul-de-lampe, d'après les dessins d'Eisen, gravés par Longueil. Charmantes illustrations.   5 fr. »

Il a été tiré pour les amateurs 150 exemplaires en grand papier, numérotés.

ÉDITION EN NOIR

Avec une double suite des figures, en BISTRE, tirées à part.

10 exemplaires sur papier de Chine, nᵒˢ 1 à 10	10 fr.
15 — sur papier du Japon, — 11 à 25	12
25 — sur papier Whatman, — 26 à 50	8

ÉDITION ARTISTIQUE

Avec épreuves des gravures tirées en BISTRE, avec double suite en NOIR et en SANGUINE, tirées à part.

10 exemplaires sur papier de Chine, nᵒˢ 51 à 60	12 fr.
25 — sur papier du Japon, — 61 à 85	15
65 — sur papier Whatman, — 86 à 150	10

En préparation pour paraître fin juin :

DORAT

—

LES BAISERS

PRÉCÉDÉS DU

MOIS DE MAI

Réimpression textuelle, sur l'édition de *La Haye* et *Paris* 1770, grand in-8°, titre rouge et noir, frontispice, 1 fleuron sur le titre, 1 figure par Eisen, gravée par Longueil, 22 vignettes et 22 culs-de-lampe, par Eisen et Marillier, gravés par Aliamet, Baquoy, Binet, Delaunay, Longueil, etc. 1 beau volume gr. in-8°, papier vergé de Hollande teinté, caractères elzéviriens, imprimé avec le plus grand luxe par Hérissey, d'Evreux. Tirage à 500 exemplaires.   40 fr.

Il sera tiré pour les amateurs 200 exemplaires des BAISERS, en grand papier, numérotés :

50 exemplaires sur magnifique papier fort du Japon, avec une TRIPLE SUITE des gravures, vignettes et culs-de-lampe, tirées à part, sur japon, en *bistre*, en *bleu*, et en *sanguine*.   N°⁸ 1 à 50 — 120 fr. »

50 exemplaires sur papier de Chine, avec une DOUBLE SUITE des gravures, vignettes et culs-de-lampe, tirées à part sur chine. en *bistre*, et en *sanguine*.   N°⁸ 51 à 100 — 100 fr. »

100 exemplaires sur papier Whatman, avec UNE SUITE des gravures, vignettes et culs-de-lampe, en *bistre*, tirées à part sur chine, montées sur whatman.   N°⁸ 101 à 200 — 80 fr. »

Spécimen du texte et des vignettes des Baisers *de Dorat.*

Renversé doucement dans les bras de Thaïs,

    Le front ceint d'un léger nuage,

  Je lui disois : lorsque tu me souris,

Peut-être sur ma tête il s'élève un orage.

    Que pense-t-on de mes écrits?

Je dois aimer mes vers, puisqu'ils sont ton ouvrage.

    Occuperai-je les cent voix

    De la vagabonde déesse?

  A ses faveurs pour obtenir des droits,

Suffit-il, ô Thaïs, de sentir la tendresse?

MONTESQUIEU

—

LE TEMPLE DE GNIDE

SUIVI DE

ARSACE ET ISMÉNIE

Nouvelle édition, avec figures, vignettes et culs-de-lampe, d'après les dessins de Ch. Eisen et de Le Barbier, frontispice renfermant le portrait de Montesquieu en médaillon, 2 titres gravés, dont 1 pour *Arsace et Isménie*, 1 vignette et 11 très belles figures, dont 2 pour *Céphise et l'Amour* et 2 pour *Arsace et Isménie*. 1 beau volume gr. in-8°, papier vergé de Hollande, imprimé avec le plus grand luxe par Hérissey, d'Evreux. Tirage à 500 exemplaires. 30 fr.

Il sera tiré pour les amateurs 200 exemplaires en grand papier, numérotés :

50 exemplaires sur magnifique papier fort du Japon, avec une TRIPLE SUITE des gravures, vignettes et culs-de-lampe, tirées à part, sur japon, en *bistre*, en *bleu*, et en *sanguine*. Nᵒˢ 1 à 50 — 100 fr. »

50 exemplaires sur papier de Chine, avec une DOUBLE SUITE des gravures, vignettes et culs-de-lampe, tirées à part, sur chine, en *bistre*, et en *sanguine*. Nᵒˢ 51 à 100 — 80 fr. »

100 exemplaires sur papier Whatman, avec UNE SUITE des gravures, vignettes et culs-de-lampe, en *bistre*, tirées à part sur chine, montées sur whatman. Nᵒˢ 101 à 200 — 60 fr. »

DE FAVRE

LES QUATRE HEURES

DE LA

TOILETTE DES DAMES

POÈME ÉROTIQUE

*Dédié à son Altesse Sérénissime Madame la princesse
de Lamballe.*

Nouvelle édition, avec 1 frontispice, une vignette, 4
grandes gravures et 4 culs-de-lampe, d'après les dessins
de Leclerc. 1 beau volume grand in-8, papier vergé de
Hollande, imprimé avec le plus grand luxe par Hérissey,
d'Evreux. Tirage à 500 exemplaires.   25 fr. »

Il sera tiré pour les amateurs 200 exemplaires en grand
papier, numérotés :

50 exemplaires sur magnifique papier fort du Japon,
avec une TRIPLE SUITE des gravures, vignettes et
culs-de-lampe, tirées à part sur japon, en *bistre*,
en *bleu*, et en *sanguine*.   Nᵒˢ 1 à 50 — 60 fr. »

50 exemplaires sur papier de Chine, avec une DOUBLE
SUITE des gravures, vignettes et culs-de-lampe,
tirées à part, sur chine, en *bistre*, et en *sanguine*.
     Nᵒˢ 51 à 100 — 50 fr. »

100 exemplaires sur papier Whatman, avec UNE SUITE
des gravures, vignettes et culs-de-lampe, en *bistre*,
tirées à part sur chine, montées sur whatman.
     Nᵒˢ 101 à 200 — 40 fr. »

CURIOSITÉS BIBLIOGRAPHIQUES

Charmantes plaquettes, petit in-8, tirées avec le plus grand soin par Hérissey d'Évreux, sur beau papier vélin teinté, ornées de fleurons, culs-de-lampe et lettres ornées.

Il a été fait un tirage spécial pour les amateurs, à 10 exemplaires sur PAPIERS DE COULEUR, numérotés de 1 à 10, et à 50 exemplaires sur PAPIER WHATMAN, numérotés de 11 à 60.

I. — VADÉ. La Pipe cassée, poème épitragipoissardihéroïcomique. Nouvelle édition enrichie de 4 jolies vignettes en taille-douce, d'après Eisen.

Papier teinté.	Épuisé.
Papier Whatman. Le volume.	8 fr. »
Papier de couleur. —	12 »

II. — DISSERTATION sur les idées morales des Grecs et sur le danger de lire Platon, par M. Audé, bibliophile (*Octave Delepierre*).

Papier teinté.	Épuisé.
Papier Whatman. Le volume.	5 fr. »
Papier de couleur. —	8 »

III. — J.-J. RAPSAET. Les Droits du Seigneur. Recherches sur l'origine et la nature des Droits connus anciennement sous les noms de Droits des premières nuits, de Markette, d'Afforage, Marcheta, Maritagium et Bumède. Réimpression textuelle sur l'édition originale de Gand, 1817.

Papier teinté, le volume.	3 fr. »
Papier Whatman. —	5 »
Papier de couleur. —	8 »

IV. — I. DE BORN. La Monacologie, ou Histoire naturelle des Moines, traduite de l'original latin, par Broussonnet.

Réimpression textuelle sur l'édition originale française de 1784, avec nombreuses figures dans le texte.

Papier teinté, le volume.	5 fr.	»
Papier Whatman. —	8	»
Papier de couleur. —	12	»

V. — FANTAISIE SCATOLOGIQUE. Une Parodie curieuse de l'*Art poétique* de Boileau, tirée d'un Almanach de poche du xviiie siècle, réimprimée pour les Pantagruélistes, avec Avant-propos par Le Corvaisier junior.

Papier teinté.	Épuisé.	
Papier Whatman. Le volume.	4	»
Papier de couleur. —	6	»

VI. — VIVANT-DENON. Point de lendemain, conte, orné d'une délicieuse vignette sur acier à mi-page et inédite.

Papier teinté, le volume.	3 fr.	»
Papier Whatman. —	5	»
Papier de couleur. —	8	»

VII. — ÉLOGE BURLESQUE DE LA SERINGUE. Son origine, son histoire, ses transformations, avec un projet nouveau pour la perfectionner. Réimpression textuelle sur l'édition originale de 1757, ornée d'une jolie vignette à mi-page.

Papier teinté, le volume.	2 fr.	»
Papier Whatman. —	4	»
Papier de couleur. —	6	»

VIII. — HISTOIRE DE LA PROSTITUTION EN CHINE, par le docteur Schlegel, trad. fidèlement du Hollandais par le docteur C. S***, de Bruxelles.

Papier teinté, le volume.	3 fr.	»
Papier Whatman. —	5	»
Papier de couleur. —	8	»

IX. — LA CONFESSION D'AUDINOT. Réimpression textuelle, sur le pamphlet original et rarissime de 1774, enrichie d'un avant-propos et de notes bibliographiques et littéraires, par Aug. Paër. Frontispice gravé.

Papier teinté, le volume.	3 fr.	»
Papier Whatman. —	5	»
Papier de couleur. —	8	»

x. — Les Moines. Comédie satirique écrite par les PP. Jésuites du collège de Clermont, dit de Louis-le-Grand, à la fin du xviiie siècle, publiée d'après un manuscrit de la bibliothèque Sainte-Geneviève, par F. Stehlich, docteur en philosophie, et orné d'un joli frontispice en taille-douce.

Papier teinté, le volume.	5 fr.	»
Papier Whatman. —	8	»
Papier de couleur. —	12	»

xi. — La descouverture du style impudique des courtisannes de Normandie à celles de Paris, envoyée pour estrennes, de l'invention d'une courtisane anglaise. *Suivant la copie, à Paris, chez Nicolas Alexandre, 1618.*

Papier teinté, le volume.	2 fr.	»
Papier Whatman. —	4	»
Papier de couleur. —	6	»

Les collections sur papier Whatman et sur papier de couleur, étant presque épuisées, ne se vendent pas séparément.

Prix de la collection complète des onze brochures :
Papier Whatman.   *60 fr.* »
Papier de couleur.   *90* »

LA FONTAINE

CONTES ET NOUVELLES

EN VERS

ÉDITION DITE DES « FÉRMIERS-GÉNÉRAUX »

Paris, Barraud, 1874, 2 volumes in-8º, brochés, en carton. Portrait d'après Rigault, par Ficquet; figures d'Eisen, vignettes et culs-de-lampe.

Exemplaire sur PAPIER DE CHINE, numéroté. 160 fr.

Exemplaire sur PAPIER WHATMAN, numéroté; figures sur chine, montées sur whatman. 225 fr.

Magnifiques exemplaires de tout premier choix et irréprochables.

LES VIES

DES

DAMES GALANTES

Tirées

DES MÉMOIRES DE MESSIRE DE BOURDEILLE

SEIGNEUR DE BRANTOME

3 volumes in-16, imprimés avec grand luxe sur papier de Hollande, fleurons, vignettes et culs-de-lampe, et ornés de 11 charmantes gravures, gravées à l'eau-forte par Champollion, d'après les dessins de Pille. Tirage à petit nombre. 30 fr

Vient de paraître :

—

DOCUMENTS SUR CORNEILLE

POLYEUCTE A ROUEN

ET LA

CENSURE THÉATRALE SOUS LE CONSULAT

PAR M. J. FÉLIX

Conseiller à la Cour, président de l'Académie de Rouen et de la
Société Rouennaise des bibliophiles.

Rouen, J. Lemonnyer, 1880, brochure gr. in-8, sur beau
papier vergé de Hollande, tirage à 100 exemplaires, dont
75 seulement sont mis dans le commerce.   3 fr. »

En souscription à notre librairie.

—

LES

ANTIQUITÉS MONUMENTALES

DE LA NORMANDIE

Dessinées et gravées par J. COTMAN

AVEC DES NOTICES HISTORIQUES ET DESCRIPTIVES

PAR PAUL LOUISY

Paris, 1880, 2 beaux volumes in-folio, ornés de 100
planches gravées à l'eau-forte et finement retouchées au
burin.   100 fr. »

*Nous ferons aux premiers souscripteurs à cette magni-
fique publication, qui paraît en 20 séries à 5 francs, une
remise exceptionnelle de 25 pour cent.*

GRAVURES

PORTRAITS — EAUX-FORTES — FRONTISPICES
SUITES DE GRAVURES

PORTRAITS

Première série. — Portraits en taille-douce des collections Gay
et Leclère, pouvant illustrer les formats in-12 et in-8.

Collé, le chansonnier (emblèmes galants). — La Fontaine.
— Clément Marot. — Marguerite de Navarre. — Maynard.
— Rabelais. — Villon. — Voltaire.

Epreuves sur papier vergé.	1 fr. »
— sur chine volant, noires, bleues, bistres ou sanguines.	1 fr. 25
Les quatre états, pris ensemble.	4 fr. »

Deuxième série. — Portraits à l'eau-forte des Editions Lemerre,
sur chine volant, de format in-8, pouvant illustrer l'in-12 et l'in-18.

Amyot. — Asselineau. — Théod. de Banville. — Barbey d'Au-
revilly. — Baudelaire (4 portraits). — Beaumarchais. — Remi
Belleau. — Bernardin de Saint-Pierre. — Boileau. — Brizeux.
Byron. — Chateaubriand. — André Chénier. — Coppée. —
Courier. — Danté. — Alph. Daudet. — Joachim du Bellay. —
Dumas père. — Théoph. Gautier. — Glatigny (2 portraits). —
Edm. de Goncourt. — J. de Goncourt. — Léon Gozlan. —
Victor Hugo (5 portraits.) — Jodelle. — Labruyère. — La Fon-
taine (2 portraits). — Larochefoucauld. — Leconte de Lisle. —
Jean Lehoux. — A. Lemoyne. — Le Sage. — Xav. de Maistre.
— Molière. — Alf. de Musset (5 portraits). — Pascal. — Pon-
tus de Thiard. — L'abbé Prévost. — Rabelais. — Racine (2 por-
traits). — H. Regnault. — Regnier. — Sainte-Beuve. — Shakes-
peare. — Soulary. — Sully-Prudhomme. — Voltaire.

Chaque portrait, au choix.   2 fr.

Troisième série. — Portraits d'acteurs, d'artistes, et d'hommes
de lettres contemporains, dessinés et gravés à l'eau-forte par Guil-

laumot fils. Epreuves sur chine volant, *avant lettre*, format in-8, pouvant illustrer l'in-12 et l'in-18.

EDM. ABOUT. — EM. AUGIER. — BRESSANT. — CHAMPFLEURY. — CHATRIAN. — J. CLARETIE. — F. COPPÉE. — COQUELIN AINÉ. — COROT. — Mlle CROIZETTE. — FÉLIC. DAVID. — VIRG. DÉJAZET. — DIAZ. — DUMAS FILS. — ERCKMANN. — Mlle FARGUEIL. — FAURE. — FEBVRE. — OCT. FEUILLET. — CH. GARNIER. — THÉOP. GAUTIER. — GÉRÔME. — ARS. HOUSSAYE. — VICTOR HUGO. — ALPH. KARR. — FRÉD. LEMAITRE. — MICHELET. — H. MONNIER. — MONSELET. — H. MURGER. — J. NORIAC. — G. SAND. — SANDEAU. — SARDOU. — JULES VERNE. — ZOLA.

Chaque portrait, au choix.   1 fr. 25

Quatrième série. — Portraits divers à l'eau-forte, des collections Poulet-Malassis, Barraud et Pincebourde, généralement de format in-12, ou petit in-8°.

BANVILLE. — BÉRANGER. — BERNARDIN DE SAINT-PIERRE (petit médaillon). — CHAMPFLEURY. — DELVAU. — TH. GAUTIER. — J. JANIN.

Chaque portrait, épreuves sur vergé, en noir,   1 fr. 25
            —   épreuves sur chine, en noir,
bistre ou sanguine.   1 fr. 50

EAUX-FORTES ET FRONTISPICES

POUR LES ÉDITIONS DE POULET-MALASSIS

ASSELINEAU. LE PARADIS DES GENS DE LETTRES. — Frontispice à l'eau-forte, papier vergé.   1 fr. »
Epreuves sur chine volant, noires, bistres ou sanguines. 1 fr. 25

BALZAC. CONTES BRUNS. — Vignette-frontispice, par Garnier, fac-similé de celle de T. Johannot, pour l'édition originale.

Epreuves sur papier vergé.   1 fr. »
            —   chine, noires, bistres ou sanguines. 1 fr. 25

BÉRANGER. GAIETÉS. — Frontispice de Rops. (Très rare.)

Epreuves noires, papier vergé.   1 fr. 50
            —   sur chine, bleues, bistres ou sanguines. 2 fr.

BOREL (Petrus). Champavert. — Vignette gravée en fac-similé par Garnier, d'après celle de Gigoux pour l'édition originale.

    Epreuves sur vergé.   1 fr. »
    —   chine, noires, bistres ou sanguines.   1 fr. 25

CHAMPFLEURY. Aventures de Mlle Mariette. — Suite de 4 eaux-fortes de Morin, papier vergé.   4 fr. »
    Epreuves sur chine, noires, bistres ou sanguines.   5 fr. »

— Les Souffrances du professeur delteil. — Suite de 4 eaux fortes, papier vergé.   4 fr. »
    Epreuves sur chine, noires, bistres ou sanguines.   5 fr. »

— Monsieur de Boisdhyver. — Suite de 4 eaux-fortes, dessinées et gravées par A. Gaultier, papier vergé.   4 fr. »
    Epreuves sur chine, noires, bistres ou sanguines.   5 fr. »

— Souvenirs des Funambules. — Suite de 4 eaux-fortes, par A. Legros, papier vergé.   4 fr. »
    Epreuves sur chine, noires, bistres ou sanguines.   5 fr. »

— La Succession Lecamus. — Frontispice de Bonvin.
    Epreuves sur vergé noir.   1 fr. 25
    —   chine volant, noires, bistres ou sanguines.   1 fr. 50

CHENEVIÈRES (Marquis de). Contes de Jean de Falaise. — Frontisp. de J. Buisson. Epreuve sur pap. vélin.   1 fr. 50

DELVAU (Alfred). Les Dessous de Paris. — Superbe frontispice à l'eau-forte, de Léop. Flameng.

— Du pont des Arts au pont de Kehl. — Frontispice.

— Françoise. — Frontispice de Thérond.

— Le Grand et le Petit Trottoir. — Très beau frontispice à l'eau-forte de Félicien Rops.

— Mémoires d'une Honnête Fille. — Portrait-frontispice de Carey, supprimé sous l'empire. (*Très rare.*)

— Même ouvrage. — Portrait-frontispice, dessiné et gravé par Staal.

— Portrait de Delvau, dessiné et gravé à l'eau-forte par Chauvet. Très joli entourage représentant de petites scènes en miniature pour les divers ouvrages de Delvau.

Chacun des 7 frontispices précédents de Delvau :
    Epreuves sur vergé, noires.   -   1 fr. 25
    —   sur chine, noires.   1 fr. 50
    —   sur chine, bistres, ou sanguines.   2 fr. »

DURANTY. Les Malheurs d'Henriette Gérard. — Suite de 4 eaux-fortes, de Legros.

Epreuves sur papier vergé.	4 fr. »
— sur chine, noires, bistres ou sanguines.	5 fr. »

DUSOLLIER. Propos littéraires et pittoresques. Frontispice de Benassit.

Epreuves sur papier vergé.	1 fr. »
— chine, noires, bistres ou sanguines.	1 fr. 25

FREYDIER. Figures pour *Le Plaidoyer de Freydier*, représentant les cadenas et ceintures de chasteté.

Epreuves sur vergé noir.	1 fr. »
— chine, noires, bistres ou rouges.	1 fr. 25

J. JANIN. Circé. — Joli portrait-frontispice à l'eau-forte de Staal.

Epreuves sur papier vergé.	1 fr. 25
— sur chine, noires, bistres ou sanguines.	1 fr. 50

LE CONTE DE LISLE. Poésies. — Superbe frontispice dessiné et gravé par L. Duveau. (Très rare.)

Epreuves sur papier vergé.	2 fr. »
— chine, noires, bistres ou sanguines.	2 fr. 50

MONNIER (H.). Bas-fonds de la société. — Frontispice à l'eau-forte de Rops, gr. in-8, sur chine. (Très rare.) 5 fr. »

MONSELET. Les Créanciers. — Frontispice de Benassit.

Epreuves sur papier vergé.	1 fr. 25
— chine, noires, bistres ou sanguines.	1 fr. 50

— Les Tréteaux. — Joli frontispice de Bracquemont.

Epreuves sur papier vergé.	1 fr. 50
— chine, noires, bistres ou sanguines.	2 fr. »

TABARIN. — Œuvres. — Frontispice pour l'édition de la *Bibliothèque Gauloise*, sur papier vélin. 1 fr. »

SUITES DE GRAVURES

BALZAC. La Peau de chagrin. — Suite complète des 77 charmantes vignettes qui ornent ce volume. Tirage à part, sur papier vélin, in-8. (Très rare). 3o fr. »

FÉNELON. Télémaque. — Suite des 24 charmantes figures de Lefebvre. In-18, vélin, ancien tirage. (Rare.) 15 fr. »

GRÉCOURT. Suite des 14 vignettes de Duplessis-Bertaux, dont un petit portrait-médaillon, pouvant illustrer les formats in-12 et in-18. (*Extrait des Conteurs.*)

 Epreuves noires sur papier vergé. 6 fr. »
  — — sur chine volant. 8 fr. »
  — bistres ou sanguines, sur chine vol. 10 fr. »

HUGO (Victor). Les Chatiments. — Suite complète de 10 eaux-fortes de H. Guérard. Tirage in-8, sur papier de Hollande. (Rare.) 10 fr. »

— Napoléon le Petit. — Suite complète de 10 eaux-fortes de H. Guérard. Tirage in-8, sur papier de Hollande. (Rare.) 10 fr. »

LA FONTAINE. Amours de Psyché. — Suite complète de 1 portr. d'après Rigaud, et 8 grav. de Moreau gravés par Delvaux. In-18 à toutes marges. 15 fr. »

— Fables. — Suite complète de 1 portr., d'après Rigault, et 12 gravures de Moreau.

 Tirage moderne, sur chine volant. in-18. 10 fr. »

— Fables. — Suite complète des 12 jolies gravures de Percier. Tirage moderne, gr. in-8. 10 fr. »

LONGUS. Daphnis et Chloé, Ed. Leclère. Charmante suite se composant de :

 1 beau portrait d'Amyot, dessiné et gravé à l'eau-forte par Masson ; — 1 frontispice, avec le portrait d'Amyot en médaillon ; — 9 grandes gravures d'après Prudhon ; — 10 vignettes et culs-de-lampe d'Eisen ; — 8 vignettes et culs-de-lampe gravés par Fokke pour l'édition du Régent, d'après Cochin et Eisen. Ensemble 29 jolies gravures, pouvant illustrer les édit. in-12 et in-8.

 Epreuves noires, papier vergé. 15 fr. »
  — chine volant, noires, bistres ou sanguines. 18 fr. »

MONTESQUIEU. Arsace et Isménie. — 2 jolies figures de Le Barbier, pour l'in-12 et l'in-18. Ancien tirage.   2 fr. »

ROUSSEAU. Emile. — Charmante suite d'après Cochin et Moreau, pour illustrer les éditions in-12 et in-18. Ensemble 10 figures, dont un frontispice. Ancien tirage.   6 fr. »

SWIFT. Les Voyages de Gulliver. — Suite complète de 10 figures in-18 de Lefebvre, texte anglais, à toutes marges. 6 fr. »

VADÉ. La Pipe cassée. — Suite complète des 4 charmantes vignettes d'après Eisen.

Epreuves sur pap. vergé.   2 fr. »
—   sur chine, noires, bistres ou sanguines.   3 fr. »

VOLTAIRE. La Pucelle. — Charmant frontispice, genre xviiie siècle, pouvant illustrer les éditions in-12 et in-8, de *La Pucelle*.

Epreuves en noir, papier vélin.   1 fr. »

SUITES DE GRAVURES

POUR

NOTRE ÉDITION DES CONTEURS

Tirage à part des figures de Duplessis-Bertaux, Fesquet et Jules Garnier.

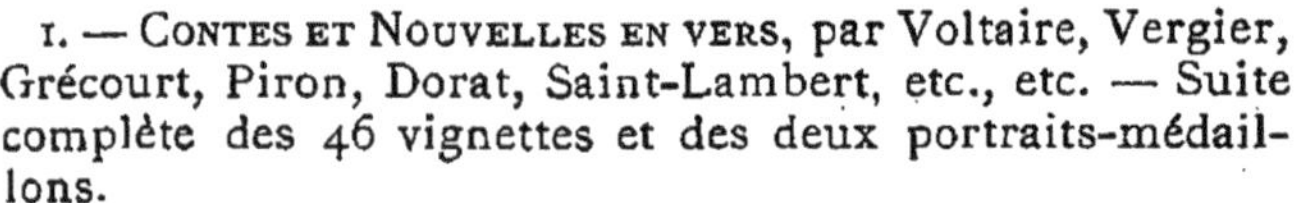

I. — Contes et Nouvelles en vers, par Voltaire, Vergier, Grécourt, Piron, Dorat, Saint-Lambert, etc., etc. — Suite complète des 46 vignettes et des deux portraits-médaillons.

Épreuves sur papier vergé, *noires*, *bistres*, *bleues* ou *sanguines*.	15 fr.	»
— Les quatre états, pris ensemble.	50	»
Épreuves sur chine, *noires*, *bistres*, *bleues* ou *sanguines*.	20	»
— Les quatre états, pris ensemble.	60	»

II. — Contes et Nouvelles en vers, par M. de La Fontaine. — Suite complète des 77 vignettes, du portrait de La Fontaine et des deux portraits-médaillons.

Épreuves sur papier vergé, *noires*, *bistres*, *bleues* ou *sanguines*.	25 fr.	»
— Les quatre états, pris ensemble.	75	»
Épreuves sur chine, *noires*, *bistres*, *bleues* ou *sanguines*.	30	»
— Les quatre états, pris ensemble.	90	»

III. — Le Fond du Sac, par Nogaret, Théïs et l'abbé Bretin. — Suite complète des 21 vignettes, et du frontispice.

Épreuves sur papier vergé, *noires*, *bistres*, *bleues* ou *sanguines*.	10 fr.	»
— Les quatre états, pris ensemble.	30	»
Épreuves sur chine, *noires*, *bistres*, *bleues* ou *sanguines*.	12	»
— Les quatre états, pris ensemble.	35	»

IV. — La Pucelle d'Orléans, par Voltaire. — Suite complète des 21 vignettes, du frontispice, du portrait de Voltaire et des deux portraits-médaillons.

Épreuves sur papier vergé, *noires*, *bistres*, *bleues* ou *sanguines*.   20 fr. »
  —   Les quatre états, pris ensemble.   60   »
Épreuves sur chine, *noires*, *bistres*, *bleues* ou *sanguines*.   25   »
  —   Les quatre états, pris ensemble.   75   »

Nous publions un Catalogue trimestriel de livres anciens, rares ou curieux, à prix marqués. Nous l'adresserons régulièrement aux amateurs qui voudront bien nous en faire la demande.

www.ingramcontent.com/pod-product-compliance
Ingram Content Group UK Ltd.
Pitfield, Milton Keynes, MK11 3LW, UK
UKHW022345130726
13694UKWH00006B/1211

9 782019 247898